MEU UNIVERSO PARTICULAR

Publicado por Maquinaria Editorial. Impresso em Pólen Bold 70gm² na gráfica Viena em outubro de 2025.

Diretora-executiva
Renata Sturm

Diretor Financeiro
Guther Faggion

Administração
Alberto Balbino

Revisão
Laila Guilherme e Laura Vecchioli

Diagramação
Instant Press

Capa e ilustração
Marina Viabone

Marketing e Comunicação
Matheus da Costa e Bianca Oliveira

DADOS INTERNACIONAIS DE CATALOGAÇÃO NA PUBLICAÇÃO (CIP)
ANGÉLICA ILACQUA — CRB-8/7057

Elboni, Fred
Meu universo particular / Fred Elboni.
São Paulo: Maquinaria Sankto Editora e Distribuidora Ltda, 2025.
176 p.
ISBN 978-85-57171-59-6
1. Autoajuda 2. Máximas I. Título
25-4587 CDD 158.1

ÍNDICE PARA CATÁLOGO SISTEMÁTICO:
1. Autoajuda

maquinaria EDITORIAL

Rua Pedro de Toledo, 129 – Sala 104
Vila Clementino – São Paulo – SP, CEP: 04039-030
www.mqnr.com.br

FRED ELBONI

MEU UNIVERSO PARTICULAR

DEDICO ESTE LIVRO A QUEM SE PERMITE SONHAR.

AGRADECIMENTOS

SE HÁ ALGO QUE POSSO, E DEVO, AGRADECER É O CARINHO QUE RECEBO. PRECISO ADMITIR QUE NÃO EXISTE NO MUNDO — QUIÇÁ NO UNIVERSO — COISA MAIS GOSTOSA DO QUE VER TANTA GENTE DEDICAR UM TEMPINHO PARA ME LER, CRIANDO ESPAÇO PARA UM MOMENTO NOSSO. E ESSE MOMENTO É TÃO NOSSO, TÃO NOSSO, QUE ISSO AQUI JÁ VIROU UMA CONVERSA. A *NOSSA* CONVERSA.

SABE, ENQUANTO ESCREVO ESTE AGRADECIMENTO, FICO IMAGINANDO VOCÊ LENDO E, AGORA, SORRINDO DE LEVE, POR SABER QUE ESTOU AQUI, CONVERSANDO CONTIGO. LOUCO ISSO, NÃO? E É ESSE SENTIMENTO QUE TORNA TUDO TÃO MÁGICO E GOSTOSO. ESSA SENSAÇÃO DE ESTARMOS JUNTOS, SEJA PELOS SORRISOS, PELAS PÁGINAS, PELOS SONHOS OU PELAS NOSSAS BESTEIRAS E PECULIARIDADES, SEMPRE TÃO NOSSAS.

MESMO QUE DE LONGE, TORÇO POR CADA UM(A) DE VOCÊS — EMBORA POSSAM NÃO ACREDITAR, OLHO CADA COMENTÁRIO NO BLOG COM MUITO CARINHO, GRAVO SEUS ROSTOS, SEUS NOMES, SINTO ATÉ SAUDADE... ENGRAÇADO COMO ME FALTAM PALAVRAS PARA DESCREVER COMO SOU FELIZ E COMO QUERO MAIS DE TUDO ISSO. MUUUUITO — LICENÇA POÉTICA PARA REPETIR AS VOGAIS E DEIXAR UMA INTENSIDADE GOSTOSA — MAIS MESMO.

SEM MAIS DELONGAS, AGRADEÇO À MINHA MÃE, À MINHA FAMÍLIA, AOS MEUS LEITORES E LEITORAS, E A TODAS AS PESSOAS QUE SE DEIXAM LEVAR PELA MINHA ALEGRIA DE ESCREVER.

POR QUE ESCREVI ESTE LIVRO?

Este é um livro diferente. Por isso é tão especial. Pelo menos pra mim, claro. O objetivo dele é a troca de momentos. Entre mim e você, entre você e todas as pessoas que estão lendo ou até entre você e você mesmo. Troca de sonhos, lembranças, risos, cobertores e abraços.

E, para podermos compartilhar, resolvi criar duas # (HASHTAGS)!

A primeira é #MEUUNIVERSO.

Essa é a hashtag principal do livro! Pra você que quer compartilhar seu trecho favorito do livro ou uma foto sua com ele. Não hesite em postar!

Como fazer? É só postar no Instagram uma foto do livro com a hashtag #MEUUNIVERSO.

A segunda é #NOSSOUNIVERSO.

Essa é a hashtag pra conversar direto comigo postando o resultado das interações que espalhei pelo livro. Calma, você já vai saber do que estou falando.

Se você for à página 142, por exemplo, poderá sugerir uma playlist para ouvir enquanto lê este livro (além de descobrir quais músicas me embalaram durante a escrita). Você ainda poderá fazer um texto JUNTO comigo, legendar uma foto e várias outras coisas! E, para que eu possa ver tudo o que você fez, criamos esse canal de comunicação (#nossouniverso).

Como fazer? É só postar no Instagram uma foto com alguma das páginas que você preencheu com a hashtag #NOSSOUNIVERSO.

Agora, me doa um pouquinho de você e vem pra cá... Garanto o melhor de mim.

É PRECISO CONSTRUIR O FUTURO ANTES DE JULGAR O PASSADO E, SEMPRE QUE POSSÍVEL, RIR. PORQUE RIR DO PASSADO É ACEITÁ-LO COM O CORAÇÃO.

ASSIM COMO A
ARTE, PESSOAS
SÃO FEITAS
DE CONTEXTOS.

O AMOR PERFEITO MORA NA ALMA DE QUEM SE LEMBRA DE ABRIR
A JANELA PARA DEIXAR O CANTO
DOS PÁSSAROS ENTRAR APÓS A TEMPESTADE.

Eu, que sempre fui poeta da minha própria vida, espero sempre te guardar na estante das minhas melhores obras. E que, sem medo de eu estar te vendo, você sorria, sabendo que fomos um sonho que passou, mas que seremos sempre uma lembrança dentro dos nossos - um dia juntos - corações.

FIQUE FELIZ NA
ESPERANÇA
DO NOSSO REENCONTRO.

DEIXE A SAUDADE FAZER SEU PAPEL
DE TRAZER O AMOR QUE HÁ EM VOCÊ.

Chorar é não caber dentro de si.

É se aprofundar na dor e lembrar, com

tristeza, que ali já houve alegria.

Queria que o mundo não fosse tão competente

em adiar a nossa felicidade...

Ela adora fotos.

E eu adoro tirar fotos dela.

Corremos pelo jardim, descalços, nos sujamos e nos entregamos ao momento sem receio do porvir.

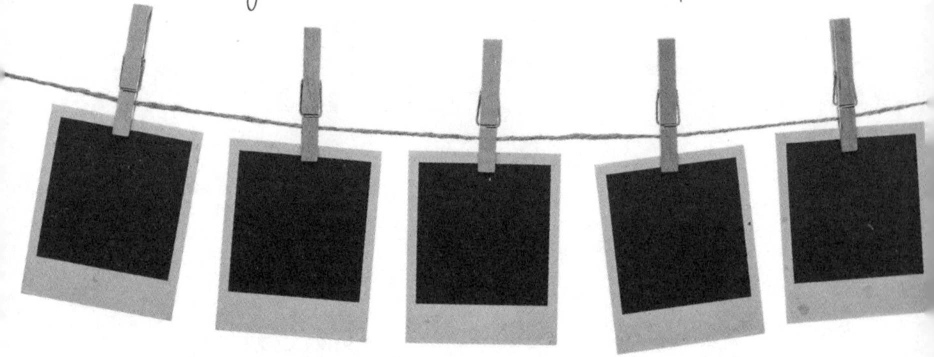

Ela sabe a hora de ser feliz.

A vulnerabilidade
não está na entrega plena ao amor,
mas em um coração medroso,
que prefere se fechar na solidão.

O SORRISO DO PALHAÇO NEM SEMPRE DIZ QUE ELE TEM A ALMA FELIZ, MAS QUE ELE A BUSCA NA FELICIDADE DOS OUTROS.

O CHORO ABRE O CORAÇÃO

para que as tristezas
preparem a alma

para coisas novas.

A ESPERANÇA FAZ MISÉRIA

com a nossa
vontade de amar.

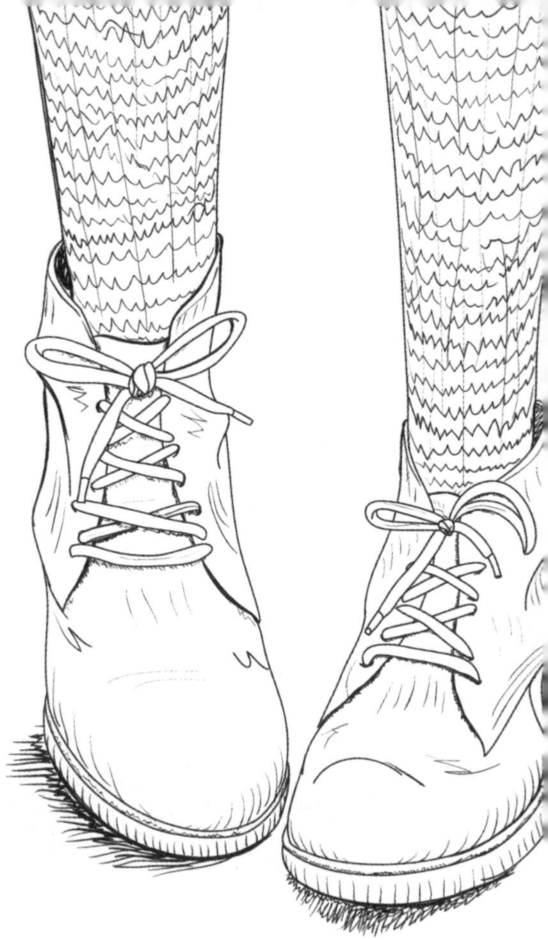

Se existisse um estado
de espírito denominado
"sei lá", ali eu estaria.
Entre o "sei" e o "lá".
Mais para o "lá" do que para o "sei".

E tudo bem, porque não quero mesmo saber.

Só quero ficar.

Chega uma fase

em que a vida pede,

implora calma e companheirismo.

Pede colo, pede cautela, pede silêncio em dupla e pede, principalmente,

sinceridade em forma de olhar.

DESACREDITAR NO AMOR É UMA PASSAGEM NA VIDA DE TODOS. UMA PASSAGEM DE IDA QUE CARECE DE VOLTA E PEDÁGIO.

O ACONCHEGO DA CHUVA SE ASSEMELHA AO DO AMOR: CALMARIA, SONHOS E LEMBRANÇAS. POR ISSO, ACREDITE QUE VAI CHOVER, MAS NÃO DEIXE DE CONTEMPLAR BONS MINUTOS DE SOL QUANDO FOR O MOMENTO. CHUVAS TEMPESTIVAS SEMPRE VIRÃO;O QUE IMPORTA É SENTIR-SE LIVRE PARA SE DEIXAR MOLHAR COMO SE O AMANHÃ NEM EXISTISSE.

SOMENTE UM AMOR QUE
DESEJA SER SINCERO,
ALEGRE E CONTEMPLATIVO
É POSSÍVEL DE SE VIVER.

Longe de ti, trago comigo lembranças de coisas que fiz de olhos fechados.

E, sabendo que deveria, deixei a indiferença de lado para conseguir viver esse amor. Um amor daqueles, que cativa a alma e diz que devemos amar quem se ama, não quem devemos amar.

HOJE, UM POUCO SEM RUMO,
SENTO NA NOSSA CAMA
e agradeço num sussurro:
"PELO MENOS NÃO ME FIZ
MORRER SEM SABER DE TI".

Quando o coração
apertar, lembre-se de
que sempre há amor
em mim e que posso
dividi-lo com você.

HOJE A BEIJO COMO SE NÃO HOUVESSE
AMANHÃ, E NO CORPO DELA SUSSURRO
COM MINHAS MÃOS COMO A AMO.
COM O OLHAR A COMPREENDO, E VEJO ALI NÃO
UMA MULHER QUE ME EMPRESTA O CORAÇÃO E
A ALMA, MAS QUE ME EMPRESTA O VERBO, O
OMBRO, O TEMPO, O CALOR E A COBERTA.
TUDO ISSO NUM INFINITO TOTALMENTE NOSSO.

UMA PESSOA NÃO SE TORNA VULNERÁVEL POR SABER AMAR, E SIM POR VIVER PRESA EM AMORES COM GOSTO DE PASSADO.

Quem sabe amar
não é quem se
entrega a qualquer
afeição febril. Saber
amar é admitir a si
mesmo o ineditismo
da vida.

VIVEMOS NUM
MARASMO
DE PESSOAS, EM QUE
TODAS DIZEM SONHAR
DIFERENTE, MAS AGEM
SEMPRE TÃO IGUAL...

QUANDO A NOITE CHEGA,
DAQUELE JEITO MANSO, ME
ENSINA QUE OLHAR O TETO
É COMO BEIJAR A BOCA
DO DESTINO. É FICAR ALI,
PENSANDO E REFLETINDO
SOBRE COMO A VIDA É FEITA
DE UM POUCO QUE MUITO DIZ.
À MINHA MANEIRA, OBSERVO
O TETO E CONVERSO COM
MINHAS DÚVIDAS, MAS NÃO
FAÇO PROMESSAS, NÃO QUERO
ENGAIOLAR MEU FUTURO.

AH, SE ESSA SAUDADE CHEGASSE MAIS ADIANTE... ME SOBRARIA AMOR. ME SOBRARIAM OLHARES COM RESQUÍCIO DE APRENDIZADO, SENTIDO E IMAGINADO.

AH, QUE DELÍCIA TER ESSA MULHER TODINHA PARA MIM.

MULHER COM SEGREDOS DE RIO
E TURBULÊNCIAS DE MAR.

Quando digo gostar da solidão,

••• A MAIORIA SE ENTREOLHA ASSUSTADA. •••

Para eles, a solidão reflete
um "eu" sem opcões.

••• SEQUER IMAGINAM QUE ELA É •••

um "eu" com todas as opções.

DIA DESSES ME PERGUNTARAM O PORQUÊ DE EU GOSTAR TANTO DE FICAR SOZINHO.

E, SEM ENCONTRAR OUTRA SAÍDA, RESPONDI:

"PORQUE A SOLIDÃO É COMPANHIA".

Queria viver de amor
pela vida. Amar baixinho.
Expor meu coração ao mundo
e mostrar como ele também
sorri com o sorriso
e o riso dos outros.

Não quero rodar
as horas para trás.

Nem mesmo quando eu sentir
aquele cheiro de café matinal e o
seu perfume familiar.

A ingenuidade e a confiança na existência de um amor para todos
é a esperança que guia as nossas vontades.

O PEITO

ABERTO SEMPRE SERÁ O MELHOR PARCEIRO DA TÃO GOSTOSA

♥

POSSIBILIDADE DE AMAR.

Acreditar que o destino é o nosso maior companheiro é a forma mais branda de deixar nosso coração manso e leve. E de coração leve flui o amor.

E como flui...

Sem dúvidas sobre o meu querer, digo a todos
– às vezes até mais alto do que deveria – que
o nosso amor se fez assim, refletido em minha
imensa vontade de te fazer sorrir;
seja gemendo, seja aninhada em meu peito.

Quem sabe respeitar
minha solidão ganha o
melhor de mim. E olha
que nem estou falando de
beijos e panquecas.

RECEITAS DO FRED

FALANDO EM PANQUECA, FIQUEI AQUI PENSANDO EM QUE PRATO EU FARIA CASO FOSSE JANTAR COM UMA MULHER...

TUDO BEM, NÃO SOU LÁ UM MESTRE-CUCA, MAS VALE ARRISCAR, NÃO? PROVAVELMENTE EU FARIA UM ARROZ COM FUNGHI. E, SE FICASSE BONITO, CHAMARIA DE RISOTO. ACHO UM PRATO GOSTOSO E FÁCIL DE FAZER. (MAS ISSO ELA NÃO PRECISA SABER.)

P.S.: SE VOCÊ NÃO GOSTAR DE FUNGHI, TEM MIOJO. E NUTELLA.

AGORA QUE EU GARANTI O PRATO PRINCIPAL,
É A SUA VEZ. ME CONTA SUA RECEITA INFALÍVEL.

HOJE, REPLETO DE CERTEZAS, ESTENDO O MEU DIREITO DE QUERER FICAR A SÓS COM MEUS CAPRICHOS E MINHAS TEIMOSIAS. AFINAL, UM DIA A GENTE CANSA DE SER PARA-RAIOS DOS EXCESSOS ALHEIOS.

Nem sempre adormecemos
como deveríamos.
Buscamos conforto para o
espírito, ouvimos nossos próprios
conselhos e tentamos nos convencer
de que tudo ficará bem.
O sono brinca conosco e diz que
devemos nos preocupar menos, pois
a felicidade não nega ajuda a
pessoas com alma
de música.

SOLIDÃO É

SORRIR SOZINHO,

MAS NO FUNDO É ESTAR
JUNTO DE SI, DO MUNDO, DOS OUTROS.

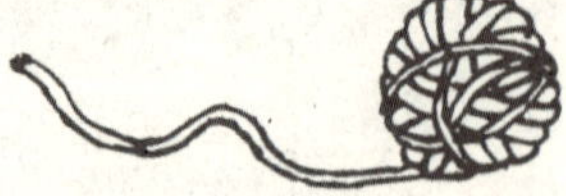

ESSES DIAS EU QUERIA SER FELIZ.

MAS UM FELIZ INGÊNUO. QUERIA ACREDITAR QUE A FELICIDADE SE BASTA. QUERIA ESQUECER UM POUCO O DINHEIRO E OS AMORES, AS CONTAS E OS MAUS HUMORES. FICAR ALI CONVERSANDO E, SEM PENSAR, ME SENTIR COMPREENDIDO E SERENO. MAS COMPREENDIDO DE UMA MANEIRA QUE NÃO ME FALTASSE VONTADE NEM CORAGEM DE ABRAÇO E BEIJO. DE SENTAR E CHORAR O QUE ME DÓI. DE RIR DO QUE ME ALEGRA, MESMO QUANDO O RISO FOR BESTA. E SABER QUE ALI EXISTE AMOR E CALMARIA, VERDADE E SIMPLICIDADE.

DÓI SENTIR O AMOR. DÓI AMAR O SENTIR. DÓI TER QUE MATAR A SAUDADE COM A PRÓPRIA SAUDADE. SAUDADE QUE DIGO QUE ESQUECI, MAS NUNCA DEIXO DE LEMBRAR QUE JÁ ESQUECI.

O silêncio ensina, ajuda a crescer,
faz pensar e acalma o
coração. Em sua essência, o silêncio
é música pura.

ENTREGAR-SE À VERDADE DE AMAR É SENTIR-SE LEVE O SUFICIENTE PARA VIVER UM AMOR SEM VAIDADE E ORGULHO. COISA PARA POUCOS, EU SEI. MAS CHEGA UM DIA – OU PELO MENOS DEVERIA CHEGAR – EM QUE A MATURIDADE DA NOSSA VONTADE DE AMAR TRANSBORDA.
E TRANSBORDA TANTO QUE SENTIMOS SAUDADE DO POUCO QUE MUITO DIZ E, COMO QUEM NADA QUER, TRANSFORMA TEMPESTADES EM CALMARIA.

Amores vividos entre verões e outonos precisam de uma pitada de ingenuidade.

Uma ingenuidade sonhadora e esperançosa na possibilidade de realmente existir um amor que se assemelhe às nossas expectativas tão utópicas.

DOR DE AMOR QUE SE CURA COM DISTRAÇÃO.

DOR DE AMOR QUE SE CURA COM PAIXÃO.

DOR DE AMOR QUE NÃO SE CURA,

TRANSFORMA OS SENTIMENTOS EM PAISAGENS DA ALMA.

Não nos preparemos para a chuva, pois assim perderemos as frestas de sol; nem ansiemos pelo seu fim, pois assim perderemos o perfume de terra molhada.

SONHO

COM O DIA EM QUE OLHAREI PARA O TETO ANTES DE DORMIR E SÓ CONSEGUIREI SORRIR. SORRIR SEM MOTIVO, SORRIR PREENCHIDO, SORRIR REFLETINDO O SOSSEGO DO MEU CORAÇÃO. QUE O SONO VENHA PARA LEVAR AS DÚVIDAS PARA LONGE E TRAZER A CERTEZA DA QUAL HOJE EU TANTO PRECISO.

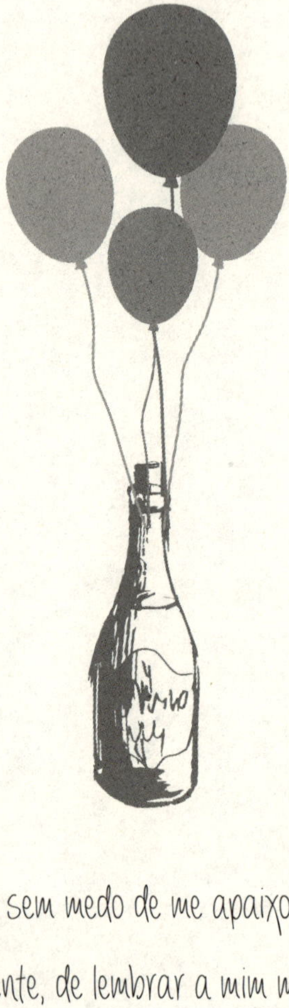

Sigo em frente sem medo de me apaixonar por momentos
e, principalmente, de lembrar a mim mesmo que sonho
engarrafado não traz alegria.

SAUDADE APERTADA, TÃO CABÍVEL À MINHA REALIDADE. SAUDADE QUE SOME. QUE SOMA. SAUDADE DE MÃOS COLADAS E PENSAMENTOS DISTANTES. QUE DESFIBRILA O AMOR E DÁ RAZÃO A QUEM NÃO TEM. QUE ESVAZIA E TRANSBORDA SEM AVISAR.

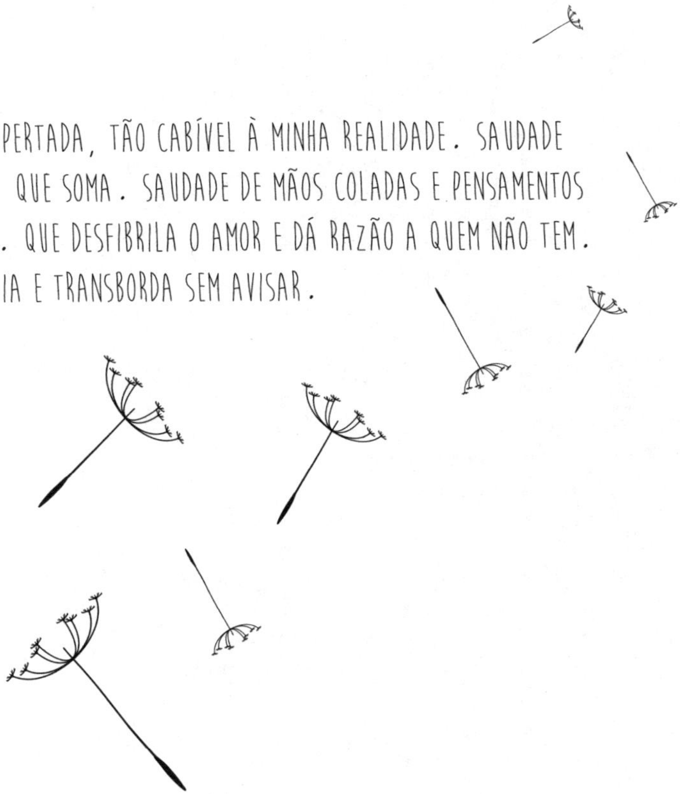

AMO SENTIR E ADMITIR
QUE AMORES SÃO SEMPRE
AMÁVEIS, MESMO AQUELES
QUE INSISTEM EM
TRANSFORMAR CANTO
EM PRANTO.

DE AMORES VIVIDOS E SONHADOS, APRENDI QUE O SOFRIMENTO PREPARA A ALMA PARA COISAS NOVAS. E QUE, A CADA MORTE, A VIDA SE TORNA MAIS DELICADA. SER SENSÍVEL AO AMOR É ENCONTRAR EM SI A CORAGEM EM SUA FORMA MAIS BRANDA.

Ter um sonho é ter um amigo
pra vida toda.

Quando a gente sabe o que quer e injeta doses de ânimo diárias em busca desse objetivo, a vida fica gostosa.

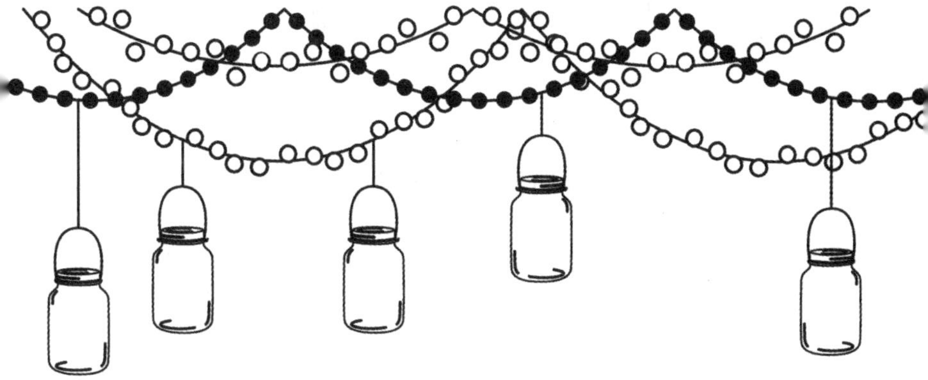

E, com a vida gostosa, a gente flui,
a gente cria luz própria e emana energia por onde passa.
E quem não quer ficar ao lado de alguém que brilha?

TALVEZ A GENTE SÓ CONSIGA ENTENDER O AMOR DIGNAMENTE PURO QUANDO ACEITAR AS VARIÁVEIS DA VIDA, OS COMEÇOS E OS FINS, E OLHAR TUDO ISSO COM A MATURIDADE E A COMPREENSÃO QUE SÓ OS QUE SE ABREM PARA O MUNDO SÃO CAPAZES DE TER.

COMPREENDA ANTES QUE SEJA TARDE.

ANTES QUE VÁ EMBORA

SEM DIZER ADEUS.

ANTES QUE O VAZIO BATA À PORTA

E LHE DÊ VONTADE DE
VOLTAR O RELÓGIO E OS
SONHOS. ANTES QUE

SOBRE CORAÇÃO E FALTE PRESENÇA.

AMORES NOVOS NÃO COMBINAM COM
EXPECTATIVAS VELHAS.

SENTIMENTOS SE AMPLIAM NA DIVISÓRIA DOS MOMENTOS.

SÃO CHAVES QUE FECHAM E CORAÇÕES QUE ABREM.

SÃO GAIOLAS-PALAVRAS QUE PROTEGEM A SAUDADE E COLOREM O PRESENTE, DIZENDO COMO FICAS LINDA AO MEU LADO.

A FALTA DE
PACIÊNCIA
DE HOJE SERÁ
A SAUDADE DE
AMANHÃ.

Não há
por que sofrer
por quem nem
quer te ver.
Livre-se de
romances pendurados.
Recolha o sentimento
e leve o que há
de si para outros
bosques. Estufe o
peito e proclame um
novo querer, de olhar
risonho, beleza fresca
e beijo doce.

Compreender é saber carregar as dores alheias na garupa.

EU PODERIA ME SENTIR CULPADO POR ME APAIXONAR AO PRIMEIRO SORRISO, MAS CONFESSO NÃO VER GRAÇA EM UMA VIDA EM QUE EU TERIA QUE CONTROLAR MEUS ÍMPETOS EMOCIONAIS.
AS PESSOAS CESSAM PAIXÕES LOUCAS E AMORES PASSAGEIROS COM RECEIO DE PERDER O QUE ALGUNS CHAMAM DE VALOR. LIMITAR-SE A NÃO SENTIR EMOÇÕES ÚNICAS POR UMA PREOCUPAÇÃO COM O PRÉ-JULGAMENTO DOS OUTROS É ABRIR MÃO DE COISAS INESTIMÁVEIS DA VIDA.

QUE SEJAMOS O MISTÉRIO DE AMAR, MAS TAMBÉM A VONTADE
DE VIVER. QUE TENHAMOS MEDO, MAS NÃO DESCARTEMOS A
POSSIBILIDADE DE NOS SURPREENDER. QUE SEJAMOS SEMPRE AMOR.
E, SE O MEDO QUISER NOS CONVENCER DE QUE HISTÓRIAS E TRAUMAS
SE REPETEM, DIGAMOS A ELE QUE PRECISA AMAR UM POUCO MAIS.

BEIJO QUE NÃO NEGA SALIVA,

MAS TAMBÉM NÃO
A OSTENTA.
QUE MORDE E IMPLORA
MORDIDA.
QUE PROCURA NUCA.
E, QUANDO ACHA,
ACABA COM ELA.

VIVA ESSE AMOR REPENTINO COMO SE A GENTE NÃO PRECISASSE SE PERDER NA ROTINA DE NOVO. NÃO PRECISASSE TER MEDO DOS INEDITISMOS DO MUNDO. NÃO PRECISASSE DA ESPERANÇA DE UM AMANHÃ.

Todos merecem um amor tranquilo,

até aqueles que, por pouca coragem
e vontade de sorrir, desacreditam
na sua aparição alegre.

ENLOUQUEÇO COM BEIJOS QUE BRINCAM DE CONTORNAR A BOCA UM DO OUTRO E DE DIZER QUE PARAR NÃO É UMA ALTERNATIVA.

BEIJOS QUE SE DERRAMAM NO SEU CORPO INTEIRO APENAS COM UM OLHAR. BEIJOS QUE, POR MERO IMPULSO, FECHAM OS OLHOS E ABREM A IMAGINAÇÃO.

Afinal, a felicidade sem um pouco de imaturidade se torna racional demais. E de racional já basta o nosso cotidiano.

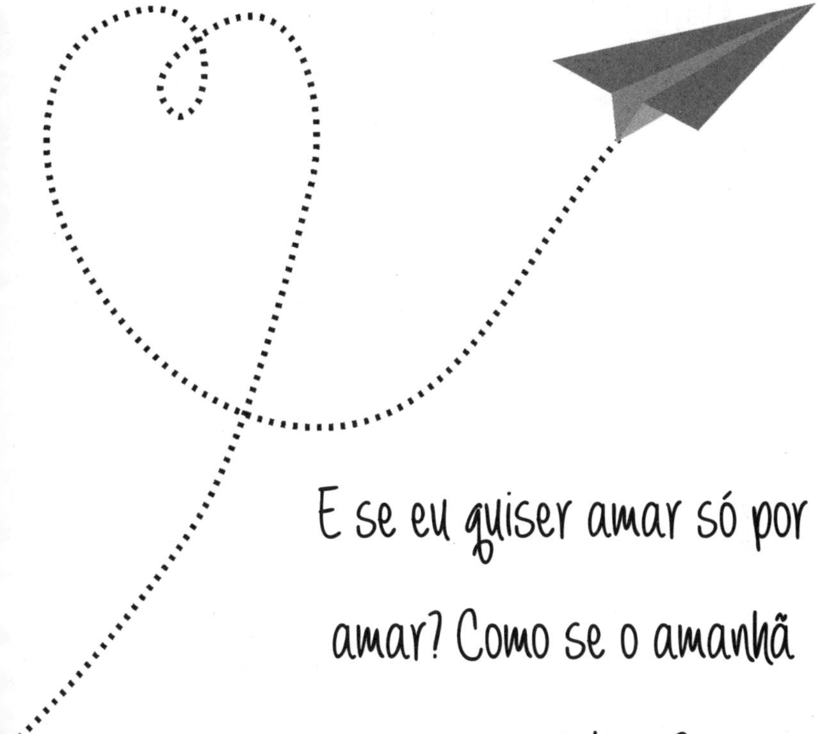

E se eu quiser amar só por amar? Como se o amanhã nem existisse?

AQUI FUNCIONA ASSIM: EU COMEÇO O TEXTO E VOCÊ TERMINA.

VAI SEM MEDO. (E DEPOIS ME MANDA!)

Quero ter um querer certo, sem dúvidas, sem entremeios,
sem pestanejar entre o certo e o errado.
Quero amar, sofrer, descobrir, viajar.
Quero sentir a vida me dando abraços e tapas na cara.
Quero gostar de alguém ou não gostar de ninguém...

BOBO EU, QUE VIVI UMA DEVOÇÃO NÃO CORRESPONDIDA.

BOBO EU, QUE PREFERI LIDAR COM AS FRUSTRAÇÕES
A LIDAR COM AS EXPECTATIVAS.

BOBO EU, QUE NADEI NAS VONTADES E
ME AFOGUEI NAS DÚVIDAS.

BOBO EU, QUE GUARDEI PARA MIM A ÂNSIA
DE ARTICULAR ALGUNS DIZERES.

BOBO EU, QUE VENDI BRILHO NOS OLHOS POR MISÉRIA.

BOBO EU, QUE AGORA SEI A VALIA DE TER SIDO BOBO
PELO MENOS UMA VEZ NA VIDA.

E, PRINCIPALMENTE, DE TER APRENDIDO
A NÃO SER BOBO, SENDO BOBO...

AMOR É FLOR.

E, POR MAIS QUE SE VÁ, SEMPRE DEIXA SEU PERFUME AO VENTO.

REFLETIR ANTES DE DORMIR É BUSCAR CONSERTO PARA A ALMA. É DESENCAIXOTAR EMOÇÕES E BRINCAR DE UM TALVEZ QUE, HOJE, TANTO DÓI.

Quando amadurecemos e passamos pelos desertos da vida, onde temos toda a liberdade do mundo mas poucas opções, aprendemos que a calmaria transforma amores preto e branco em aquarela.

Nossos limites são ilusões,

são amores que se foram e nem por isso

deixaram de ser amores.

Amor-gangorra, que vai e nem sempre vem,

mas que um dia nos dará

a graça da sua

aparição alegre, a ponto

de transformar

paixões repentinas

em um lindo pedaço

de eternidade.

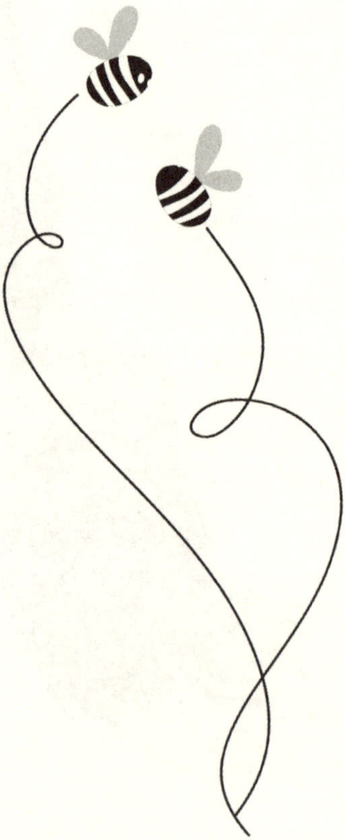

INFELIZMENTE,
NÃO TEM
COMO GANHAR
O MUNDO SEM PERDER UM
POUCO DA GENTE.

O tempo não volta, a confiança não volta, a gente não volta. E, mesmo se a gente voltar, a gente não volta...

OUVIR QUE SE É

AMADO É

GOSTOSO,

MAS SENTIR-SE AMADO É

INDESCRITÍVEL.

Procurar amor é, às vezes, procurar a dor. Ambos se escondem em um baú de sentimentos, um ao lado do outro.

E, quando vamos apanhá-los, não sabemos o que estamos tateando, pois nesse baú as escolhas só podem ser feitas de olhos fechados, com o coração.

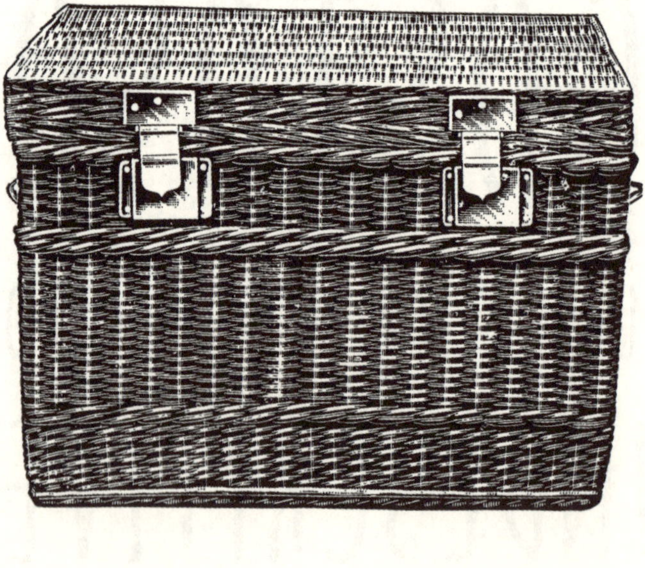

Hoje, escondido em meio ao meu passado, lembro com medo e saudade como o amor um dia já me pareceu certo. O tempo passou, algumas dores ficaram. Independentemente disso, sigo me apaixonando e, volta e meia, dizendo a mim mesmo que agora não é hora de amar... Mesmo sabendo que sempre é hora de amar.

Saber sonhar é driblar um cotidiano morno e colocar energia nos sorrisos que ainda estão por vir.

É lutar junto de quem se ama, mas saber que, no fundo, estamos todos sozinhos em busca de alegrias e prazeres momentâneos.

Pessoas são uma
coleção de momentos
que passaram.

NEM SEMPRE SOMOS

O AMOR QUE VIVEMOS, MAS,

SIM, O AMOR QUE CONSERVAMOS CONOSCO.

Dores de amor caminham sempre conosco.

A memória voa.

A SAUDADE É INCANSÁVEL.

MAS O AMOR

é certeza.

Que um dia nossas
dúvidas se tornem sonhos.

HOJE, O AMOR ME DÓI. AMANHÃ, ESPERO QUE SEJA SOMENTE UMA
ANGÚSTIA QUE PASSOU, UM SORRISO QUE FICOU E
UM BEIJO QUE INSISTE EM
ME ACORDAR.

Sorrisos lindos já me

desejaram bom-dia,

mas nem sempre

oportunidade para

desejassem boa-

Um dia a gente aprende que pessoas não somem,
só perdem o interesse.

Que o nosso amor continue leve e doce, como se não precisássemos nos preocupar com sua eternidade, apenas com cada instante de aconchego e reciprocidade. E que, musicalmente calmos, busquemos a nossa eternidade a cada dia. Pois a única certeza que tenho é de que a alegria que sinto ao seu lado é infinita.

Beijos sem dó.

Sorrisos de sol.

Amor de si. Já o resto, deixa pra lá.

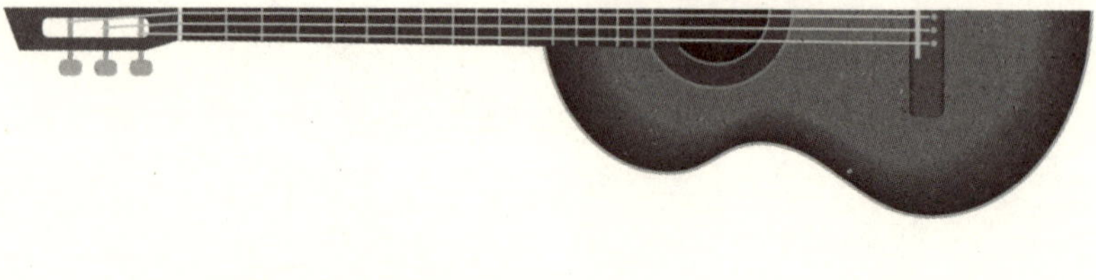

TRISTE É IR EMBORA

SEM DIZER ADEUS.

Tem gente que vive para amar,

TEM GENTE QUE AMA PARA VIVER.

SABER SE CALAR É UMA ARTE, E A BOCA PUNE QUEM TUDO DIZ. AQUELE QUE FALA MUITO NUNCA GOSTA DE ESCUTAR TUDO O QUE LHE É DITO.

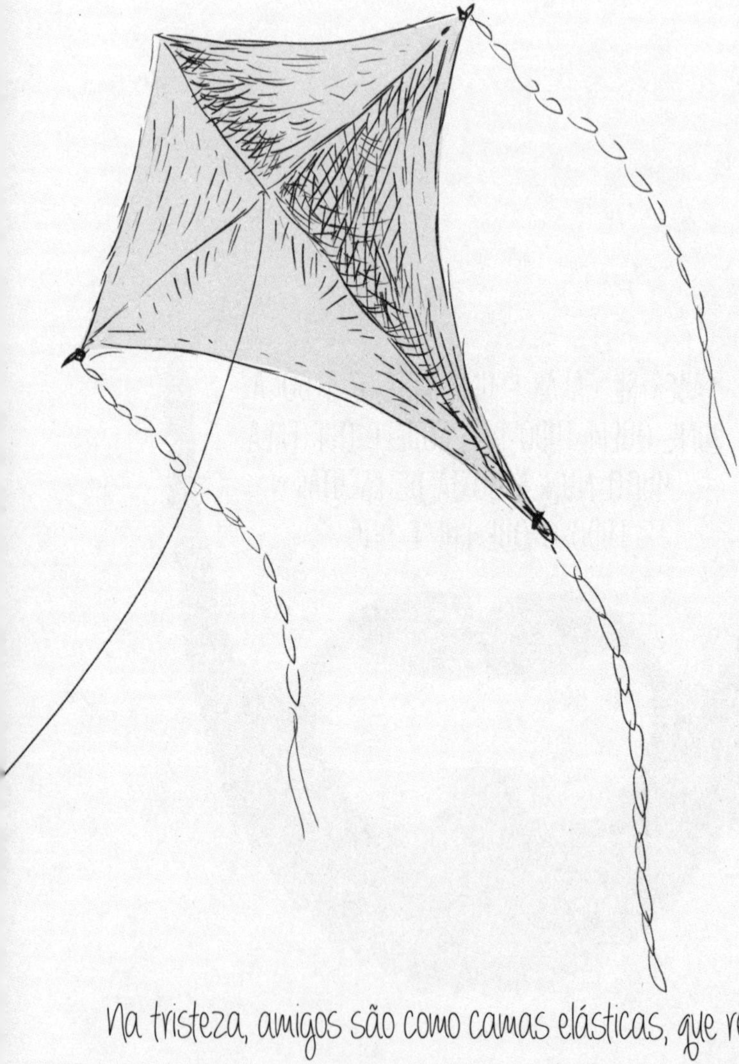

Na tristeza, amigos são como camas elásticas, que reduzem o impacto dos sofrimentos e nos impulsionam a buscar uma alegria que já não se fazia presente.

Que o amor venha e deixe a dor virar vento de outono nesse coração que, mesmo não admitindo, tanto anseia pelo verão. Mas que venha de surpresa. E, diferente dos clichês das comédias românticas, nos surpreenda no final.

Lembro da saudade de amar e me pergunto,
em silêncio, como será daqui pra frente.
Converso com meu coração e digo a ele, esperançoso,
que espero um dia conseguir me abrir e tirar o fantasma
vestido de orgulho que me habita.

ESPERO UM DIA VOLTAR A SER CALMARIA E AMOR.
ESPERO COMPREENSÃO DO MUNDO QUANDO MEU SORRISO
FOR PEQUENO. ESPERO QUE A DOR NÃO SEJA MAIS
RESSACA DAS MINHAS EMOÇÕES.
ESPERO QUE MEUS OMBROS SE TORNEM LEVES QUANDO
O DEITAR FOR NECESSIDADE.
ESPERO ATÉ DEMAIS... NÃO QUERIA ESPERAR TANTO.

Todo dia, mesmo implorando para
que não, encontro quem nunca mais vi.
Talvez isso seja o que chamam
de saudade.

Hoje nem penso

mais em ti.

E continuo

mentindo pra mim.

QUE LEGENDA VOCÊ DARIA PARA ESSA MINHA FOTO COM A MENINA?
PENSA COM CARINHO E COMPARTILHA COMIGO COM #NOSSOUNIVERSO

APRENDER A DIZER

"NÃO"

É UMA ARTE. É NÃO SENTIR-SE EGOÍSTA PELO FATO DE ATENDER PRIMEIROS ÀS SUAS NECESSIDADES.

Alegria de beijar um rosto qualquer,

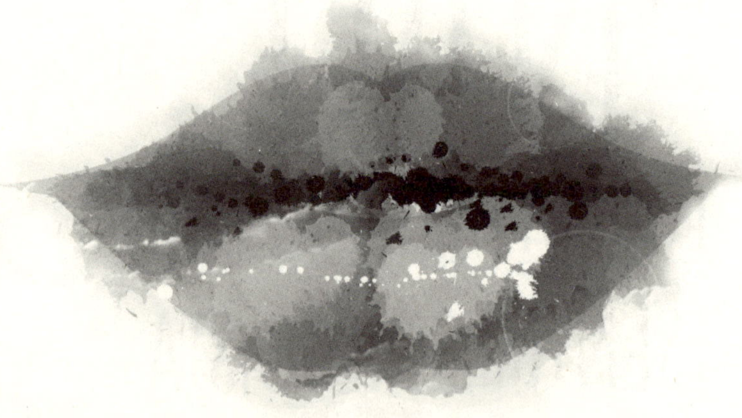

riso leve por pousar onde o coração quiser.

Ela beija, mas também se deixa beijar.
Fala, mas se deixa ouvir.

Quer mudar o mundo,
mas também se deixa mudar.

Na amizade

SE EMPRESTAM O VERBO E O COBERTOR,

O riso e a dor.

SE EMPRESTAM APENAS, SEM MEDO DO QUE RESTA.

QUE TAL A GENTE BRINCAR DE SER FELIZ? DE CELEBRAR A VIDA E AS RIMAS? DE DEIXAR DE DAR ATENÇÃO AO QUE NÃO NOS SATISFAZ E LEMBRAR O QUE NOS FAZ RIR? QUE, AO MENOS HOJE – E SEMPRE QUE POSSÍVEL –, CADA RISO SEJA LEVE E A TRISTEZA, MAIS DO QUE NUNCA, BREVE.

SOU FELIZ COM POUCO,
CRIO MOMENTOS EM
SEGUNDOS E LEMBRO QUE A
MINHA ALEGRIA CONSISTE
EM GOSTAR DO QUE
TENHO, E NÃO SOMENTE EM
CONSEGUIR O QUE QUERO.

NINGUÉM PRECISA IR ATRÁS DE NINGUÉM;

ATÉ ONDE EU SEI,

É BEM POSSÍVEL ANDAR UM AO LADO DO OUTRO.

Que a inveja vá, voante pelo jardim.

E que a sinceridade queira sempre abraçá-la, como quem diz que a vida precisa de mais amor.

NEM TODAS AS INDIRETAS
SÃO PRA VOCÊ.

NEM ESSA.

A SAUDADE PRECISA EXISTIR,
MAS A VONTADE
DE NÃO
QUERER MAIS SER TOLO
HÁ DE SER MAIOR.

O VERDADEIRO AMOR ACONTECE QUANDO,
MESMO EM MOMENTOS DE DISCÓRDIA,
SE PENSA DUAS VEZES ANTES DE
TRANSFORMAR MÁGOA EM MUNIÇÃO.

QUANDO TE VEJO ALI, RINDO COM TANTA MEIGUICE,
NOTO COMO SÓ DESEJO SER SERENO E ME PERDER
NA IMENSIDÃO DE TODOS OS SONHOS QUE AINDA
REALIZAREMOS DE DEDOS ENTRELAÇADOS.

ENTRE UM ABAJUR
DE CANTO E UMA BOA MÚSICA,
A COMPANHIA SE FAZ.

PENSO EM MIM E
LEIO MEUS LIVROS,
QUE TANTO
ME TRADUZEM.

NADA COMO
SENTIR-SE TRADUZIDO.

O HOMEM NASCE PURO, O PRIMEIRO DESAMOR O CORROMPE.

OUVIR MÚSICA É SOLIDÃO. PENSAR É SOLIDÃO.
ESCREVER É SOLIDÃO.
AS SOLIDÕES SE PROTEGEM E FORTALECEM
UMAS ÀS OUTRAS.
FLUIR NA LEVEZA DA SOLIDÃO É TER CORAGEM
DE DESCOBRIR E ENFRENTAR
OS MISTÉRIOS QUE SOMOS.

EM TEMPOS EM QUE

SE PREGA TANTO A IGUALDADE

e em que pessoas gastam
suas energias em sofridas

QUEDAS DE BRAÇO CONTRA

★ QUALQUER MANIFESTAÇÃO ★

que possa ser contrária
às suas convicções, eu prefiro
ser feliz a ter razão.

COMO OS VENTOS DA MUDANÇA
QUE SOPRAM, A MINHA
PACIÊNCIA SE PERDEU EM MEIO
ÀS TUAS INDECISÕES.

GOSTO DE PESSOAS LEVES.

PESSOAS QUE APRECIAM OS PEQUENOS DETALHES DA VIDA, QUE VALORIZAM OS AMORES E PRINCIPALMENTE OS MOMENTOS, POIS O PRESENTE, EM APENAS UM SEGUNDO, JÁ SE TORNOU PASSADO.

NÃO DÊ TUDO DE SI.

NINGUÉM MERECE SEU TUDO.

E, SE MERECER, NÃO LHE COBRARÁ TAL.

AQUELA COISA SEM SENTIDO QUE MAIS FAZ SENTIDO NESSE MUNDO.

O SILÊNCIO NÃO É ASSUSTADOR, É SÁBIO. É MUITO MELHOR GUARDAR PALAVRAS DAS QUAIS NOS ARREPENDEREMOS MAIS TARDE E FICAR EM SILÊNCIO.

Volta e meia me perco em amores que não existem.

Mas hoje é exatamente o que eu quero: sonhar com um amor que não existe.

É fato incontestável que algumas músicas têm o poder de comandar nossos pensamentos e emoções a ponto de nos transportar no tempo e nos fazer relembrar momentos, alegrias, sofrimentos, pessoas...

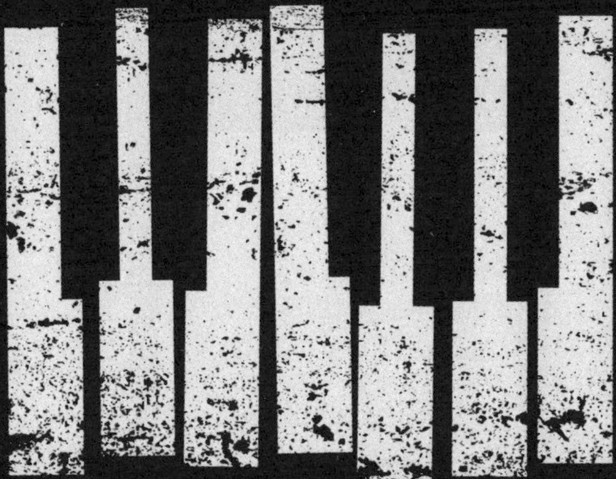

Têm um poder quase divino de eternizar emoções.

CADA TEXTO QUE ESCREVO É EMBALADO POR UMA MÚSICA. ALGUMAS MAIS REFLEXIVAS, OUTRAS MAIS ANIMADAS, OUTRAS COM ARES DE RENOVAÇÃO, LEMBRANÇA... TUDO DEPENDE DO MEU ESTADO DE ESPÍRITO. PRA VOCÊ TER UMA IDEIA, TEM MÚSICA QUE ME DÁ VONTADE DE CASAR, DE TOMAR UM BANHO DE CHUVA OU DE SAIR EM DISPARADA POR AÍ.

ESTAS SÃO ALGUMAS DAS MÚSICAS QUE OUVI ENQUANTO ESCREVIA ESTE LIVRO:

✓ JORGE VERCILLO — COISAS QUE EU SEI
✓ CITY AND COLOUR — THE GIRL
✓ DJAVAN — VALSA BRASILEIRA
✓ CÁSSIA ELLER — POR ENQUANTO
✓ MARISA MONTE — DEPOIS
✓ KEANE — SOMEWHERE ONLY WE KNOW
✓ INCUBUS — DRIVE
✓ MILKY CHANCE — STOLEN DANCE
✓ OASIS — STOP CRYING YOUR HEART OUT
✓ JOHNNY CASH — HURT
✓ SPIN DOCTORS — TWO PRINCES
✓ CAZUZA — CODINOME BEIJA-FLOR
✓ JACK JOHNSON — DO YOU REMEMBER
✓ THE KOOKS — NAIVE
✓ TEATRO MÁGICO — O ANJO MAIS VELHO
✓ 5 A SECO — PRA VOCÊ DAR O NOME
✓ CHICO BUARQUE — ESSA PEQUENA

AGORA ME CONTA: QUE MÚSICAS TÊM EMBALADO SUA LEITURA?

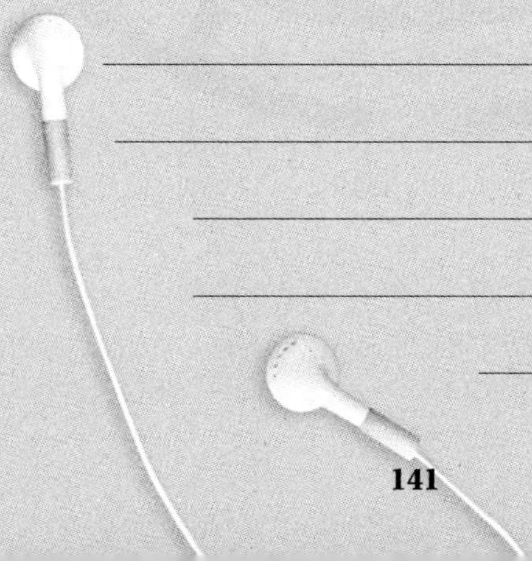

ATÉ HOJE,
DEPOIS DE PASSAR
POR ESQUINAS
TÃO ALEGRES,
NÃO DESCOBRI NADA
MAIS GOSTOSO
DO QUE SER GOSTADO PELO QUE SE É.

QUE NÃO
VIRE RETICÊNCIAS
...

O QUE UM DIA DEFINIMOS
COMO PONTO-FINAL.

O AMOR ALIVIA NOSSAS DORES CONSTANTES E NOS LEMBRA QUE, SE QUISERMOS REALMENTE AMAR,

TEREMOS QUE DEIXAR O ORGULHO DE LADO E ACEITAR QUE NÃO SOMOS DONOS DOS NOSSOS SENTIMENTOS.

PESSOAS INTELIGENTES

SABEM A HORA DE ASSUMIR UM RISCO
E A HORA DE DESISTIR DELE.

ALGUNS, QUE TANTO DIZEM SABER SOBRE O AMOR, BUSCAM EM CORRIDAS SEM FIM A TAMPA DE SUA PANELA.

MAS PARA QUE TAMPAR

AS PANELAS

SE NEM SEQUER AS ENCHEMOS?

O telefone pouco toca. A saudade conversa em silêncio.
A vontade de viver está ali, um pouco cansada.
As pessoas parecem todas iguais. Os beijos acontecem, confesso,
mas pouco me marcam. As expectativas brincam de se esconder.
E o silêncio já virou amigo.

♥ ♠

Se no amor há de existir um vencedor, que vençamos todos. E que ao fim descubramos que quem perdeu não foi quem amou mais, mas, sim, quem não se deixou amar.

♣ ♦

DENTRO DA MINHA ALMA CARREGO TANTOS AMORES E DESAMORES QUE, SE EU FOR CONTAR HISTÓRIAS, ATÉ MINHAS PALAVRAS MAIS DOCES TERÃO UM GOSTO DE LIBERTINAGEM.

QUANDO SUJAR O PÉ DE AREIA PARA DEPOIS LAVAR NA ÁGUA CORRENTE SE TORNAR UM MOTIVO DE ALEGRIA, APRENDEREMOS COMO OS DETALHES SÃO UMA COMPLETA SINFONIA HARMONIOSA, QUE NOS RELAXA E ACALMA COMO SE FOSSE UM MERGULHO EM NOSSO PRÓPRIO INTERIOR.

Quem melhor que as mulheres para definir a sensação de amar?

Sim, as mulheres. Que amam com intensidade, veracidade, ferocidade e profundidade.

Sonhar é um dom. É mentalizar o que se quer antes de dormir, mas nunca deixar de ser feliz pelo que já se tem.

VOCÊ FAZIA, DE FORMA MANSA, O CARINHO QUE ME CONQUISTOU. ME OLHAVA COMO SE EU PUDESSE REALMENTE SER AMADO DE NOVO. ME DESCOBRIA POR TRÁS DAS CORTINAS. AQUELE DIA, AINDA COM VERGONHA DE ADMITIR, EU DIZIA A MIM MESMO COMO PERDI TEMPO DEIXANDO DE SENTIR O QUE EU TANTO DEVERIA SENTIR.

Deitado sob a lua,

deixaria meus vazios de lado e ficaria rente ao sussurro das palavras e dos sorrisos que trocaríamos. Me deixaria ser desvendado, me deixaria amar e ser amado, me deixaria viver, para nunca me arrepender daquilo que um dia não fui.

NO MEU ÍNTIMO, CONFESSO QUE AQUELE ABRAÇO DE DESPEDIDA ESTÁ DOENDO ATÉ HOJE. A DURAS PENAS, APRENDI QUE EM UM MINUTO CABEM HORAS DE AMOR E SOFRIMENTO. A SOLIDÃO JÁ VIROU DE ESTIMAÇÃO.

HOJE QUERIA ENTENDER COMO SERIA AMAR GENUINAMENTE.
COMO SERIA DIVIDIR A COBERTA E OS OLHARES
NO SILÊNCIO DE UM BEIJO DE ALMA VIBRANTE.
SEM OS ORGULHOS QUE NOS ENVOLVEM, SEM AS FOTOS QUE
NOS PERSEGUEM, SEM A FELICIDADE CONSTANTE QUE NOS
COBRAM. QUERIA, PELO MENOS UM POUCO, FUGIR DESTE
PLANETA QUE TUDO SABE E VIVER NO SEGREDO
E NA EMOCÃO DE UM AMOR SINCERO.

DEIXE QUE A VIDA TE LEVE;
AFINAL, TUDO PASSA. DIFÍCIL
É SABER O QUE SOBRA.

Sentia tanto que, um dia, como
quem cansa
de brincar, deixei de sentir.

Fiquei frio.

Mas no fundo ainda espero que,
com o tempo, o amor elimine
a distância do que eu
era para o que sou hoje.

Minhas paixões são amores para a vida inteira.
Meus amores são coisas de vidas passadas.
Minhas dores são doenças terminais.
Meu beijo é de cinema. Meu abraço é de urso.
E meu brigadeiro de panela é
o melhor do mundo.

RESOLVI QUE ESTE ESPAÇO DEVIA FICAR EM BRANCO POR UM ÚNICO MOTIVO: CHEGOU A HORA DE VOCÊ, INSPIRADO(A) PELA FRASE ABAIXO, SOLTAR A IMAGINAÇÃO E PREENCHER ESTE ESPAÇO. ME MOSTRA SEU TALENTO ARTÍSTICO, VAI... MAS NÃO SE ESQUEÇA DE COMPARTILHAR COMIGO, USANDO #NOSSOUNIVERSO.

UM CORAÇÃO DISTRAÍDO É O MELHOR

TERRENO PARA CULTIVAR O AMOR.

ME DEIXA SER FELIZ MAIS UM POUCO. SÓ MAIS QUATRO BEIJOS, DOIS CAFUNÉS E UM ABRAÇO. ALGUMAS VIAGENS SEM RUMO, DAQUELAS DE VIDROS E CORAÇÕES ABERTOS, COM DIREITO A ACORDAR CEDINHO PARA TOMAR CAFÉ DA MANHÃ NA ESTRADA. AH, E UM POUCO DE CONFISSÃO E DE OUVIDO AMIGO TAMBÉM.

NÃO TENHO SONHOS INALCANÇÁVEIS;

ALMEJO POUCO,

MAS COM SINCERIDADE.

SEJA O BEIJO OU A
VONTADE DE DIVIDIR
ANSEIOS E LENÇÓIS.

A FELICIDADE PLENA
É AQUELA QUE NÃO É
LEMBRADA NO MOMENTO
EM QUE É VIVIDA.

Hoje digo aos céus como queria que ela voltasse.

Mas voltasse devagar. Sem implorar. Voltasse consciente da calmaria gostosa que vivíamos. Na certeza de que o nosso relacionamento era pluma. Vivo sem muita euforia, esperando ela voltar para dividir o meu amor, que ainda é todo dela.

MEU MUNDO INTERIOR É GRANDE, E ALGUNS DIZEM QUE NELE VIVO INVERDADES. EU DIGO QUE VIVO BELAS HISTÓRIAS QUE MINHA VIDA SIMPLES E ROTINEIRA NÃO PODERIA ME PROPORCIONAR.

A gente era tão feliz, e,
por mais piegas que fosse,
também queríamos
QUE OS OUTROS FOSSEM.

A verdade é que me explicar é pedir para não ser compreendido. Portanto, guardo tudo comigo, pois conheço a alegria que vem, assim como a tristeza que fica.

NOSSOS CORAÇÕES E MENTES, TOLOS E SENSÍVEIS COMO SÃO, SE DEIXAM LEVAR POR AMORES QUE TEIMAM EM MARCAR, COMO FERRO QUENTE, AS LEMBRANÇAS

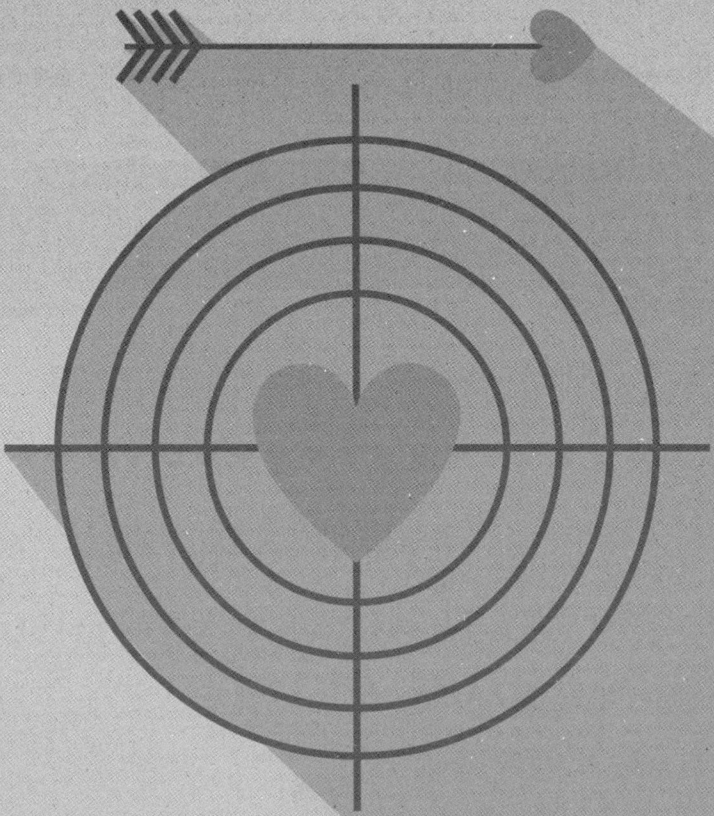

DE QUEM, HOJE, POUCO ACREDITA NAS PALAVRAS ALHEIAS.

ME BEIJA, QUE JÁ SOU SAUDADE.

Me faz silêncio, que és meu barulho.

SUSSURRA, QUE JÁ ÉS CANÇÃO.

Some comigo sem questionar o porvir.

DIZ QUE O AMANHÃ É TODO NOSSO.
POR FAVOR, ME JURA QUE A NOSSA ALEGRIA
VAI SEMPRE SE FAZER ASSIM...

O passado, às vezes,
é uma felicidade
da qual nos lembraremos para sempre.

ÀS VEZES, SENTADO NUMA ESCADA PERTO DE CASA, FICO
OBSERVANDO AS PESSOAS. E, COMO SE TIVESSE PODERES, VEJO
SEUS MEDOS, SUAS VONTADES, SUAS INSEGURANÇAS...
E SORRIO SOZINHO POR ME IDENTIFICAR COM A MAIORIA DELAS.

QUANDO A GENTE SE APAIXONA, ESQUECE OS OLHARES AO REDOR.

SE A FELICIDADE TIVESSE UMA
LISTA DE PRÉ-REQUISITOS,
COM CERTEZA A FALTA
DE VERGONHA DE SER FELIZ
SERIA UM DELES.

Ouço músicas como quem voa perto do mar.

Me perco nas letras e me sinto compreendido.
Ah, se eu pudesse abraçar uma música...

Ame enquanto a saudade ainda
brinca de aparecer.
Ame enquanto a solidão não se
tornou constante. Ame enquanto...
Só ame, esqueça o enquanto.
Por enquanto.

Impressão e Acabamento | Gráfica Viena
Todo papel desta obra possui certificação FSC® do fabricante.
Produzido conforme melhores práticas de gestão ambiental (ISO 14001)
www.graficaviena.com.br